www.tredition.de

AF205055

Für Marianne

Uli Hoffmann

Kröger

Novelle

www.tredition.de

© 2019 Uli Hoffmann

Verlag und Druck: tredition GmbH, Hamburg

Umschlagsfoto: Uli Hoffmann

ISBN

978-3-7497-0472-9 (Paperback)
978-3-7497-0473-6 (Hardcover)
978-3-7497-0474-3 (e-Book)

Inhalt

Prolog

C arl Kröger erhöhte sein Gehtempo. Einmal, um noch mit dem Strom der Fußgänger in der Grünphase am Überweg mitzuschwimmen. Nicht, dass er es übermäßig eilig gehabt hätte, noch eine halbe Stunde blieb ihm bis zum offiziellen Arbeitsbeginn. Natürlich legte er Wert auf Pünktlichkeit, allerdings war ihm Pedanterie gänzlich unbekannt. Einstimmungszeit nannte er die Spanne, die ihm wichtig war, wenn er, wie meistens, lange vor den übrigen Angestellten im Laden war, der Buchhandlung Globig in Eppendorf. Globig war eine inhabergeführte Traditionsbuchhandlung, die nunmehr in vierter Generation von Helena Globig geführt wurde. Vor gut zehn Jahren hatte sich Carl Kröger vorgestellt und Helena Globig hatte ihm sofort eine Festanstellung gegeben, weil sie von seinem bibliophilen Sachverstand beeindruckt war. Und Carl Kröger entpuppte sich als wahrer Glücksgriff für die Buchhandlung. Sein umfangreiches Wissen, seine Eloquenz, sein glückliches Händchen im Umgang mit den Kunden trugen maßgeblich zum geschäftlichen Erfolg der Buchhandlung bei. *Herr Carl*, wie ihn die Stammkunden nannten, war der gefragte Berater und zahlreiche Bücherinteressierte verlangten ausdrücklich nach ihm und nahmen anstandslos Wartezeiten in Kauf, bis sie von ihm bedient wurden.

Carl Kröger war gelernter Buchhändler, hätte aber auch beruflich andere Möglichkeiten gehabt. Nach der Lehre studierte er Germanistik und Geographie, entschied sich jedoch gegen den Abschluss für das Lehramt und begann wieder die Arbeit als Buchverkäufer. Er selbst hätte den Begriff natürlich nie verwendet, sah er sich doch eher als Mittler, als Dienstleister, dem die ehrenvolle Aufgabe zufällt, potentielle Leser mit einem passenden Baustein aus der literarischen

Welt zusammenzubringen. Sozusagen an der Basis war sein nach langem Suchen endgültig gefundener Platz.

Heute dachte Carl für einen kurzen Moment darüber nach, ob es eine gute Idee war, bereits in diesem Jahr in den Ruhestand zu gehen. Vor sechs Wochen war er 64 geworden und innere Stimmen hatten ihm immer häufiger zugeflüstert: „Hör auf zu arbeiten!" Eigentlich hätte er ja große Lust weiterzumachen. Der Job fiel ihm leicht, bereitete keinen Stress und er würde seiner Chefin keinen größeren Gefallen tun können, wenn er sagen würde: „Ich mach' noch ein paar Jährchen."

Aber seine Entscheidung war nun mal getroffen. Sein Haus hatte er bereits verkauft, zusammen mit seinen Ersparnissen und Versicherungen würde er über einen üppigen Betrag verfügen, von dem er seinen Ruhestand komfortabel würde gestalten können. Und sein

Plan dafür war absolut konkret und harrte der Umsetzung.

Lübeck, 1957

Die Werkstatt von Carl Kröger senior befand sich in der Altstadt von Lübeck in der Böttcherstraße. „Möbeltischlerei Kröger" zeigte das große hölzerne Schild an der Hausfront, das mit feinen Intarsien stilvoll gestaltet war. Carl war fünf Jahre alt, als ihn sein Großvater zum ersten Mal sozusagen offiziell in die Werkstatt ließ und ihm zeigen wollte, was er dort tat. Obwohl Carl wiederholt an der Hand seiner Eltern der häuslichen Arbeitsstätte einen Besuch abgestattet hatte, überwältigte ihn auch diesmal wieder der Duft nach frisch gesägtem Holz. Ein natürlicher Werkstoff wird im Grunde genommen verletzt, ja zerstört, und quittiert dies mit einem herrlichen Duft. Der Großvater erklärte seinem Enkel den Zweck der unterschiedlichen Geräte und Werkzeuge, soweit das einem Fünfjährigen überhaupt verstehbar gemacht werden kann.

Der junge Carl bestaunte mit großen Augen, welche Holzstücke nach den einzelnen Bearbeitungsschritten entstanden. In einem Teil der Werkstatt standen fertige oder halbfertige Möbelstücke herum und Carl lernte früh die Bezeichnungen für die einzelnen Möbelteile kennen und zu unterscheiden. Der alte Kröger hatte sich einen Namen erworben für die Herstellung hochwertiger Möbel, wobei er sich auf Bücherschränke und -regale sowie deren repräsentative Kombinationen spezialisiert hatte.

Carl trug den Namen seines Großvaters, obwohl „Carl" in den fünfziger Jahren schon ein wenig aus der Zeit gefallen schien. Seine Mutter hatte ihm erklärt, sein Großvater hätte den Herzenswunsch, dass sein Enkel einmal in seine Fußstapfen treten und den Handwerksbetrieb weiterführen würde. Carls Vater hatte bereits früh für eine Enttäuschung gesorgt, indem er eine kaufmännische Tätigkeit in einem traditionellen Lübecker Handelskontor eingeschlagen hatte.

Nun lagen also alle Hoffnungen auf dem Enkel und Tischlermeister Carl bemühte sich nach Kräften, den Jungen an seine Handwerkskunst heranzuführen. Und nicht nur das.

Später, Carl war 10 Jahre alt, nahm ihn der Großvater einmal mit zu einem Kunden in der Beckergrube, für den er eine aufwändige Büchermöbelkombination herstellen sollte. Der Raum in dem prächtigen Haus war bereits leergeräumt und Carl sen. nahm das Aufmaß vor. Dabei versuchte er seinem Enkel zu erklären, welche Lösung er für welchen Raumteil im Sinn hatte. Der Junge hatte Schwierigkeiten, dieser Antizipation zu folgen, hörte aber brav zu und erhielt eine altersentsprechende, kindliche Vorstellung von *„sich etwas ausdenken, einen Bauplan anfertigen"*.

In den folgenden Wochen bekam er seinen Großvater kaum zu Gesicht, weil dieser bis spätabends in der Werkstatt beschäftigt war. Das Kreischen der Sägen war bis in sein kleines Zimmer zu hören und erinnerte ihn an die Auftragsarbeit für die Beckergrube. Dabei ahnte er nicht, welch großartiges Erlebnis ihm bevorstehen sollte.

Eines Vormittages klopfte der Großvater an die Tür seines Zimmers und betrat den Raum. Der Junge war erstaunt, seinen Großvater im Sonntagsstaat zu sehen, den er normalerweise nur zum Kirchgang zu tragen pflegte.

Die beiden gingen über die Böttcherstraße in die Beckergrube und hielten auf das repräsentable Haus der Kunden zu, während die Passanten auf dem Gehsteig den Tischlermeister und dessen Enkel fast ehrerbietig grüßten, indem die Männer ihren Hut hoben und die Damen freundlich, aber sittsam den beiden zulächelten. Carl war ein bisschen stolz, dass seinem Großvater und ein wenig auch ihm eine gewisse Bedeutsamkeit, fast eine Art von Respekt beim Gang durch die Lübecker Altstadt zuteil wurde.

Als sie vor dem Haus der Auftraggeber in der Beckergrube standen, ließ Carl seinen Blick über die Backsteinfassade und deren filigrane Einzelheiten wandern. Er hätte zu gerne gewusst, wie es sich als Kind im Haus der wohlhabenden Familie leben ließe. Großvater hatte ihm den Grund für ihren Besuch dort nicht mitgeteilt, doch hatte Carl in den Tagen zuvor mitbekommen, dass die Gesellen aus der Tischlerei diverse Möbelteile in Richtung Beckergrube abtransportiert hatten. Das Besitzerehepaar begrüßte die beiden und bat sie in die Bibliothek, die Carl noch immer als steriles, frisch renoviertes Zimmer in Erinnerung hatte. Als der Junge eintrat, verschlug es ihm die Sprache. Einzelne Teile waren ihm aus der Werkstatt bekannt, was sich ihm hier allerdings bot, war ein Kunstwerk, welches ihn sofort in seinen Bann schlug. Was sein Großvater in der Tischlerei kunstvoll erschuf, hatte er stets mit Bewunderung betrachtet, empfand er den Herstellungsprozess an sich schon als Wunder. Was er hier sah, stellte alles Vorherige in den Schatten. Die mit Bedacht eingeräumten Bücher ließen erst die volle Wirkung des Möbelstückes zur Geltung kommen. Reihen von Büchern, die aus der kindlichen Perspektive bestimmt einen großen Wert darstellten, waren nicht ohne Plan sorgfältig eingestellt, wobei jedes Buch durch seine individuelle Gestaltung an sich eine weitere künstlerische Wirkung entfaltete. Ihm waren natürlich Bücher nicht unbekannt, vor allem aus der Schule, auch hatte ihm sein Vater einmal zum Geburtstag ein Kinderlexikon geschenkt. Aber das hier war etwas Neues. Sein Großvater erklärte ihm, als er den faszinierten Blick des Jungen bemerkte, wie Bücher einen Lederrücken mit Goldprägung erhielten.

Während der Hausherr mit dem Tischlermeister über handwerkliche Details fachsimpelte, ging der Junge vor der riesigen Bücherwand immer auf und ab. Dabei nickte er und schüttelte den Kopf, immer abwechselnd. Als Großvater sich von dem Kunden verabschiedete, hatte er Schwierigkeiten, seinen Enkel von der Bücherwand zu lösen und zum Aufbruch aufzufordern. Zu fasziniert war er von dem Gesehenen.

Auf dem Weg zurück in die Böttcherstraße musste der Alte schmunzeln wegen der Redseligkeit seines Enkels.

„Jetzt weiß ich endlich, was du machst!"

„Das weißt du doch schon längst: Ich baue Möbel."

„Nein, das klingt zu einfach."

Als Carl bemerkte, wie es im Kopf des Jungen zu arbeiten schien, hakte er nach:

„Wie würdest du es denn sagen, was ich mache?"

„Du gibst den Büchern ein Zuhause."

Der alte Handwerksmeister musste schlucken. Niemals zuvor hatte er von dem Jungen einen solchen Satz gehört. Wie kam er auf solch eine Metapher? Plötzlich kam ihm eine Idee.

„Hat du Lust, Carl, noch einen kleinen Umweg zu machen? Ich will dir was zeigen."

Der Junge strahlte. „Klar, machen wir, Großvater!"

Sie bogen in die Mengstraße ein, die um diese Zeit von zahlreichen Menschen frequentiert war. Vereinzelt sah Carl Leute mit Fotoapparaten, die das Häuserensemble, insbesondere die Hausnummer 4, in den fotographischen Blick nahmen. Vor diesem Gebäude blieb der Großvater stehen und schaute mit wehmütigem Blick, der, wie der Junge fand, zu seiner feierlich-altmodischen Kleidung passte.

„Für dieses Haus hat mein Vater, also dein Urgroßvater, einst eine Arbeit als Möbeltischler anfertigen dürfen."

Der Kleine fragte interessiert: „Wer hat denn darin gewohnt und was hat mein Urgroßvater gebaut?"

„Dort hat ein berühmter Schriftsteller mit seiner Familie gelebt und natürlich hat mein Vater Büchermöbel, schon immer unsere Spezialität, angefertigt."

„Was macht eigentlich ein Schriftsteller?"

Der Großvater schien ein wenig belustigt.

„Na, ein Schriftsteller schreibt Bücher."

„Also Bücher von der Sorte, in denen er sich Geschichten ausdenkt? Warum macht der sowas? Muss der nicht zur Arbeit gehen?"

„Das ist seine Arbeit und er verdient Geld, wenn die Leute seine Bücher kaufen und lesen."

„Was haben die Leute, die Bücher kaufen, denn davon?"

„Sie erfreuen sich an den Geschichten, sie tun ihnen gut."

„Ich habe noch nie gemerkt, dass mir Schulbücher guttun!"

„Dann habe ich etwas für dich. Komm, wir gehen nach Hause!"

Der kleine Carl hätte sich viel lieber einmal das Dichterhaus von innen angesehen, aber der Großvater hatte ihm erklärt, dass von der Familie schon lange niemand mehr dort wohne.

In der Böttcherstraße angekommen, lief Carl aufgeregt hin und her in Erwartung dessen, was sein Großvater, der auf dem Dachboden verschwunden war, für ihn bereithalten könnte.

Mit feierlichem Bick kam dieser zurück in die Stube und hielt seinem Enkel zwei Bücher entgegen.

„Du bist jetzt alt genug, um dies hier zu lesen."

Mit diesem Satz überreichte er einen Band der Orientgeschichten von Karl May und „Gullivers

Reisen" von Jonathan Swift. Beide Werke schienen schon recht alt zu sein, waren abgegriffen, der Einband speckig, die Seiten vergilbt. Aber das machte dem Jungen nichts aus. Mit leuchtenden Augen hielt er seine beiden ersten Bücher in den Händen.

„Und hier ist noch etwas Besonderes! In ein paar Jahren wirst du es lesen und verstehen können. Es ist das berühmteste Buch des großen Schriftstellers aus der Mengstraße."

Großvater gab ihm ein dickes Buch, auf dessen Umschlag er das Haus Mengstraße 4 erkannte, vor dem sie heute gestanden hatten. Darüber stand „*Buddenbrooks*". Das Buch, in dem offenbar das Haus, für das sein Urgroßvater Büchermöbel angefertigt hatte, eine wichtige Rolle spielte, war jetzt sein eigen. Wie ein Schatz würde er es hüten! Glücklich und mit hochrotem Kopf ging er heute zu Bett, früher als sonst und ohne, dass seine

Mutter mahnen musste. Fast feierlich schlug er „Gullivers Reisen" auf und begann zu lesen.

Lübeck, 1962

Für Carl Kröger ging im Dezember ein Traum in Erfüllung. Mit seinem Vater unternahm er einen Spaziergang durch die Hüxstraße im Zentrum der Stadt. Carl bestaunte die weihnachtlich geschmückten Schaufenster und ließ sich von seinem Vater die Geschichte und Entwicklung dieser Geschäfte erläutern. Plötzlich blieb der Junge vor einem Fenster stehen und starrte fasziniert auf dessen Dekoration. Auf mehreren Ebenen waren Bücher drapiert, mit den schönsten Einbänden, die Carl bis dahin gesehen hatte. Kunstvoll gestaltete Buchdeckel warben für das jeweilige Werk, machten neugierig auf den Inhalt, thematisch geordnete Gruppen boten exemplarische Leseanreize. Carl zog am Arm seines Vaters und zeigte auf den Eingang der Buchhandlung.

„Komm, wir gehen hier mal rein, bitte!"

Carl ging mit seinem Vater über die Schwelle des Buchladens. Über der Tür hingen zwei

Messingröhren, die ein kleines Glockenspiel in Gang setzten. Vorsichtigen Schrittes, fast ehrfürchtig, schritt Carl in den verwinkelten Raum und betrachtete fasziniert die Regalwände.

„Hat Großvater die gebaut?", fragte er.

„Wohl kaum", war die Antwort.

Carl bestaunte mittlerweile die Bücher und las sich halblaut die Aufschriften auf den Buchrücken vor. Dabei entdeckte er die alphabetische Sortierweise nach den Namen der Autoren. Auch glaubte er bestimmte Merkmale der verlagsspezifischen Gestaltung zu erkennen, wofür er später den Begriff „Layout" verwenden würde und die eine gewisse Unverwechselbarkeit des jeweiligen Verlages erwirken würde.

„Kinder- und Jugendbücher haben wir ganz hinten im Raum!", rief der Buchhändler, der gerade eine ältere Dame bediente.

„Danke, aber ich möchte mir alles anschauen", erwiderte der Junge und schlenderte unbeirrt an den Regalen entlang.

„Darf man die Bücher auch einmal in die Hand nehmen und anschauen?", fragte er flüsternd seinen Vater. Als dieser nickte, nahm Carl ein Buch aus dem Regal, betrachtete und befühlte den Umschlag, schlug es ganz vorsichtig auf und blätterte darin. Dabei wechselte sein Gesichtsausdruck von einer eher verstehend-ernsthaften hin zu einer kindlich-fröhlichen. Vater Kröger schien seine Freude an der Begeisterung seines Sohnes zu haben. Dieser wiederum war jetzt in der Abteilung Abenteuerromane gelandet und schien in einem Band mit dem Lesen begonnen zu haben, aber kurz danach seinen Vater erneut fragte: „Wie schaffen es die Schriftsteller, sich so großartige Geschichten auszudenken?"

Es fiel ihm schwer, eine eindeutige kindgerechte Antwort zu finden.

„Vielleicht hat ein Schriftsteller ein besonderes Gespür dafür, was dem Leser guttut. Er sieht voraus, was die Menschen brauchen."

„Aber es gibt doch so viele verschiedene Leute, die lesen", entgegnete Carl.

„Wenn ein Buch auf einen Leser trifft, dem es hilft, dann war der Schriftsteller erfolgreich."

„Aber damit kann der Schriftsteller doch kein Geld verdienen. Es ist doch sein Beruf."

„Ein guter Schriftsteller verdient dann Geld, wenn sein Buch auf viele wartende Leser trifft."

Offenbar war der Junge noch nicht endgültig zufrieden gestellt. In seinem Kopf schien es zu arbeiten. Plötzlich sagte er zu seinem Vater: „Komm, wir gehen! Aber das Buch hier würde ich gerne lesen."

Er hielt seinem Vater ein Exemplar von „*Tom Sayer und Huckleberry Finn*" hin.

Lübeck, 1964

Als Carl Kröger auf das Gymnasium wechselte, fühlte er sich ein Stück weit im Paradies. Am ersten Schultag erhielten die Sextaner alle Bücher für das kommende Schuljahr und Carl hatte Mühe, seinen Schulranzen mittags nach Hause tragen zu können. Sämtliche Bücher wurden leihweise an die Schüler herausgegeben, so dass jeder gespannt war, ob die Bücher in tadellosem Zustand waren, natürlich möglichst neu und gut riechend. Alte, abgegriffene Exemplare, vielleicht auch noch mit Eselsohren, handschriftlichen Kommentaren, obszönen Zeichnungen und mit dem Geruch der Generationen von Vornutzern wollte niemand haben. Außer Carl Kröger. Mit Kopfschütteln quittierten es die Mitschüler, wenn Carl mal wieder auf den Erhalt eines alten Schinkens mit einem zufriedenen Lächeln und genüsslichem Schnuppern reagierte. Wurde er gefragt, warum er sich darüber freue, antwortete er, diese

Bücher hätten durch die vielen Vorbesitzer eine besondere Bedeutung erworben. Durch den intensiven Gebrauch habe der jeweilige Benutzer dem Buch einen Wert, einen Sinn verliehen. Das sei für Carl Verpflichtung, dieses Buch intensiv durchzuarbeiten und dabei pfleglich zu behandeln. Daraufhin handelte Carl sich stets eine Geste seiner Kameraden ein, indem diese mit der Hand eine wischende Bewegung vor dem Kopf vollführten. Somit entwickelte sich Carl zum Sonderling und Außenseiter, dem diese Rolle überhaupt nichts auszumachen schien. Einmal ertönte schallendes Gelächter im Klassenraum, als Carl ungewollt laut herausposaunte, gebrauchte Bücher hätten eine Seele.

Trotz seiner Sonderrolle in der Klasse war die Gymnasialzeit für Carl eine gute Zeit. Es wuchs seine Vorliebe für Literatur, er entwickelte seine Kenntnisse weiter und seine Eltern vermuteten,

Carl würde eher eine Lehre im Buchhandel beginnen als ein Studium.

Sein Besuch des altsprachlichen Gymnasiums hielt noch eine weitere Entdeckung für ihn bereit. Als er eines Tages von der Königstraße einen kleinen Umweg über den Markt wählte, entdeckte er in der Braunstraße ein Antiquariat, das er beim ersten Mal mit großem Staunen betrat. In einer Ecke saß der Inhaber an einem Tisch inmitten aufgetürmter Bücher. Er mochte vielleicht etwa dreißig Jahre alt sein, wirkte aber durch die kleine, runde Brille sowie durch seine gebückte Haltung auf Carl viel älter, zumal für ihn Menschen über dreißig ohnehin alt waren.

Carl stöberte in den Regalen, bis Herr Jacobsen fragte, ob er etwas Bestimmtes suche. Carl errötete ein wenig und antwortete: „Nein, im Grunde wäre mir einer der großen Klassiker recht. Hauptsache, das Buch ist alt und sieht so aus, als wäre es schon hundertmal gelesen worden." „Aha, verstehe, so eins mit Seele!", erwiderte Herr Jacobsen. Carl schaute den kleinen Mann staunend an. Irgendwie erinnerte ihn Herr Jacobsen an einen alten Schauspieler, den er schon oft in einer der deutschen Fernsehserien gesehen hatte.

Als Jacobsen in den Regalen nachschaute, kontrollierte Carl sein Portemonnaie, ob er ein Buch überhaupt würde bezahlen können.

„Meine Mutter sagt immer, ich solle meinen Kopf nicht so viel in Bücher stecken, sondern etwas für's Leben lernen. Aber was macht man denn anderes, wenn man liest?"

„Gut so, mein Junge! Du hast verstanden, wozu Bücher da sind."

Herr Jacobsen hatte Carls Blick in das Portemonnaie bemerkt und kam mit einer schönen alten Ausgabe von Theodor Storm auf ihn zu und sagte: „Du scheinst mir ein wahrer Freund des Buches zu ein. Du kannst bezahlen, sobald du wieder bei Kasse bist. Viel Freude beim Lesen!"

„Danke!", sagte Carl reichlich verlegen und verließ den Laden.

Zu Hause begann er bereits beim Mittagessen mit dem Lesen. Mutter schimpfte: „Junge, jetzt liest du auch noch beim Essen. Wo soll das noch hinführen? Du solltest für dein Abitur lernen und dich nicht in Phantasien verlieren!" Carl hat wohl nie verstanden, was seine Mutter von ihm wollte. Er las weiter, er las und las.

Immer, wenn er Taschengeld erhielt, ging er zu Herrn Jacobsen, beglich seine Verbindlichkeiten oder erstand ein weiteres Buch.

Lübeck, 1965

Carl kam glücklich von der Schule nach Hause. Genauer gesagt, natürlich einschließlich des Umweges über Jacobsens Antiquariat. Der Grund für seine gute Laune war das Buch, das ihm der Antiquar für einen symbolischen Preis verkauft hatte: *Pole Poppenspäler* von Theodor Storm. Von der Novelle hatte er bereits in der Schule gehört, wollte allerdings, einer vielleicht späteren Lektüre derselben vorgreifend, selbst mit dem Lesen zu beginnen.

Dem Mittagessen widmete er sich zum Ärger seiner Mutter zu hastig und verschwand danach sofort in seinem Zimmer. Begierig versank er in der Geschichte von Paul Paulsen und der Puppenspielerfamilie Tendler. Während dieser Traumreise in die Welt des Puppentheaters war er wohl eingeschlafen, denn plötzlich klopfte es und Carl wusste nicht so recht, wie ihm geschah. Auf jeden Fall machte ihm seine Mutter Vorhaltungen, er würde die Schule vernachlässigen und sich nur diesen unseligen Büchern zuwenden.

„Was soll nur aus dir werden, wenn du so weitermachst?"

Mit diesen Worten nahm sie das Buch, das noch auf Carls Bauch lag und warf es in den Papierkorb neben Carls Schreibtisch.

Der Junge war außer sich, weinte und schrie seine Mutter an: „Was machst du da, das darfst du nicht, es ist mein Buch und das muss mit Würde behandelt werden. Gut, dass Großvater das nicht gesehen hat!"

„Was hat Großvater damit zu tun?"

„Der hat sein ganzes Leben lang edle Möbel für Bücher gebaut und ihnen ein Zuhause gegeben. Und du wirfst sie einfach weg!"

„Mein Gott, Junge, wie du redest!"

Nach diesem Vorfall drehte sich Carl zur Wand, vergrub sein Gesicht im Kissen und kam an diesem Tage auch nicht mehr herunter ins

Wohnzimmer. Stattdessen fasste er den Entschluss, sich noch mehr in Bücher zu vertiefen und nach dem Abitur schnellstmöglich von zu Hause wegzugehen.

Hamburg, 2011

Carl Kröger folgte den Anweisungen des Navigationsgerätes und ließ den Hamburger Vorstadtbereich hinter sich. Er befand sich bereits in Schleswig-Holstein und genoss die Fahrt durch die von Rapsfeldern und Alleen geprägte Landschaft. Aus dem Radio erklang Edward Griegs Klavierkonzert in A-Moll.

Für das Wochenende hatte er tags zuvor rasch seinen kleinen Rollkoffer gepackt und dabei bis zuletzt noch gezögert, ob er überhaupt fahren sollte. Von seinem Ziel, dem Vier-Sterne-Hotel auf dem Lande hatte er einiges gelesen, das mit seiner idyllischen Umgebung, einem attraktiven Wellnessangebot sowie dem hoteleigenen Golfplatz wirbt. Diese Kategorie war eigentlich nicht sein Geschmack. Viel lieber war er in einfacheren, legereren Hotels oder Pensionen abgestiegen, wegen des Preises sicherlich auch, vor allem aber, weil er der Überzeugung war, so der regionalen Eigenart und der Mentalität der Bevölkerung näherzukommen.

Seinen Sommerurlaub verbrachte er seit Jahrzehnten in Norwegen im Fjordland mit seinen kleinen Hafenstädtchen und einsamen Höfen. Heute war er von seinem eisernen Prinzip abgewichen, Geld und Jahresurlaub ausschließlich dafür anzusparen. Der Grund für die Reise war eine Einladung von Knud Pedersen, einem ehemaligen Schulkameraden aus seiner Lübecker Gymnasialzeit, der, wie so oft als Festkomitee fungierend, zu einem Treffen anlässlich ihres 40jährigen Abiturs eingeladen hatte. Alle bisherigen Klassentreffen hatte Carl geschwänzt. Man wisse ja schließlich, nach welchem Schema diese ablaufen: Die Wortführer von damals reden ohne Ende und versuchen, mit ihren Karrieren zu beeindrucken nach dem Motto „Mein Haus, mein Auto, mein Boot". Vielleicht hatte er sich auch gefürchtet vor der Bemerkung: „Ach, du bist Buchhändler geworden!" In seinen Augen gab es anscheinend eine Messlatte für berufliche Werdegänge, nach der man Erfolg und Misserfolg klassifizierte. Dazu hatte Carl keine Lust und mit gemischten Gefühlen hatte er Knud zugesagt.

Er erreichte den Hotelparkplatz und hielt auf den Eingang zu. Spannend an diesem Treffen fand er eigentlich nur die Frage, ob sich alle sofort wiedererkennen würden, ob die unterschiedlichen Lebensentwürfe den individuellen Alterungsprozess eher beschleunigt oder verlangsamt haben würden.

An der Rezeption begrüßte Knud die Ankommenden und sagte an, dass sich alle nach der Zimmerbelegung bitte im „Ostseezimmer" einfinden mögen.

Allen Befürchtungen zum Trotz empfand Carl die Begrüßungsrunde locker und herzlich, während der viel gelacht wurde. Das sich anschließende Essen war exzellent, die Stimmung angenehm und die Bierchen und Weine trugen weiter zur

Lockerung bei. Als die unvermeidliche Positionie-
rung in Sachen beruflicher Werdegang überstan-
den war und sich der Kreis der Teilnehmer zu vor-
gerückter Stunde bereits verringert hatte, schlug
Gerd Harms, der Pfarrer geworden war, vor, dass
jeder einmal zu der Frage Stellung nehmen möge,
was er im humanistischen Geiste der alten Bil-
dungsanstalt für die Allgemeinheit geleistet habe.
Mithilfe des allgemeinen Alkoholpegels erfolgten
wortreiche Einlassungen der anwesenden Ärzte,
Lehrer und Theologen. Sogar Kathi Völker, einer
Investmentbankerin, fielen noch Argumente wie
Wohlstandsverbreitung und Erschaffen von vielen
neuen Glücksrittern ein. Als Carl an die Reihe
kam, prägte er den verblüffenden Satz: „Ich kümmere mich um Bücher. Wenn es denen gut geht,
geht es den Menschen gut." Stille im Saal. Tine
Volkers kicherte.

„Und wann geht es einem Buch gut?", schaltete
sich Knud ein.

„Wenn es würdevoll untergebracht ist und einen Leser gefunden hat, der es gebraucht hat, dem es sein Leben bereichert hat."

Wieder blieben alle still.

„Lesen von Büchern ermöglicht vielfältige sinnliche Wahrnehmungen", bemerkte Carl.

„Also ich lese nur Fachbücher, die ich im Beruf benötige, und abends zum Einschlafen ab und zu mal einen Krimi", sagte Rita Lorenzen. Sie arbeitete in einem Pharmabetrieb."

„Irgendwie bewundere ich Carl. Ich habe schon immer Bücher gehasst, weil ich sie in der Schule lesen *musste*", meinte Knud.

„Nachdem wir uns alle selbst gelobt haben, weil wir in den Diensten der Allgemeinheit unterwegs sind, interessiert mich die Frage, was ihr unternehmen wollt, wenn ihr im Ruhestand seid", schlug Kathi vor.

„Ich werde gar nix tun. Schließlich habe ich genug malocht. Ich werde mein Rentnerdasein in meiner Finca auf Mallorca verbringen", sagte Knud.

„Ich werde eine Weltreise machen und mein Geld mit beiden Händen ausgeben!", meinte Thomas Andresen.

„Ich werde meinen Ruhestand in Norwegen verbringen", schaltete sich Carl ein.

„Und deine Bücher? Nimmst du sie mit?", fragte jemand süffisant.

„Aber selbstverständlich!", antwortete Carl. „Ich habe noch Großes vor damit!"

Die Unterhaltung wurde allmählich immer träger, Müdigkeit machte sich breit.

„Also, ich muss langsam in die Heia", sage Peter Mathies, der heute aus der Schweiz angereist war.

Die Runde begann sich aufzulösen.

Auch Carl ging auf sein Zimmer und mit den Gedanken an die bevorstehende Reise in den Fjord und sein Projekt schlief er bald ein. Die Melodie von Kari Bremnes' Lied über die Menschen im Norden ging ihm nicht mehr aus dem Kopf.

Lübeck, 2015

Carl Kröger reihte sich ein in den Strom der Reisenden, die vom Steg vor der Wandelhalle den Bahnsteigen zuströmten. Über die Rolltreppe gelangte er zum Gleis 6, von dem sein Regionalexpress nach Lübeck abfuhr. Einen Tag hatte er sich freigenommen, um einen alten Freund zu besuchen. Der Zug war um diese Tageszeit voll und er musste durch zwei Wagen hindurchgehen, um einen Sitzplatz zu finden. Er vertiefte sich in das Buch, das er sich heute Morgen noch eingesteckt hatte und das seine Sitznachbarn nun mit einem neugierigen Blick streiften. Offensichtlich waren sie etwas irritiert vom Aussehen des Buches. Dass jemand ein antiquarisches Werk während der Fahrt in einem Pendlerzug las, hatte etwas Skurriles. Bei näherem Hinsehen hätten sie sich, wenn sie Autor und Titel entziffert hätten, erneut gewundert. Das Buch war keinesfalls ein aktuelles, zeitgenössisches, sondern eine alte

Ausgabe von Hemingways Erzählungen. Carl Kröger blätterte, bis er die zuletzt gelesene Passage gefunden hatte, und ließ die Bahnhöfe des Hamburger Umlandes vorüberziehen. Er registrierte kurz Ahrensburg, als er sich in die Erzählung „Das Ende von etwas" vertiefen wollte. Hinter Reinfeld packte er das Buch bereits in den Rucksack zurück und nahm einen Lübecker Stadtplan zur Hand, um sich zu vergewissern, wie er am besten zu seinem Ziel gelangen könnte. Bezogen auf Lübeck hatte er zwar immer noch seine persönliche Karte im Kopf, aber es konnte ja nicht schaden, sich die Straßennamen noch einmal zu vergegenwärtigen.

Als der Zug die Stadt an der Trave erreichte, hielt Carl zügigen Schrittes auf den benachbarten Bahnsteig zu, von dem er in den Zug in Richtung Travemünde umsteigen musste. Gerne hätte er sich diesem Reiseziel der meisten anderen angeschlossen, die einen schönen Urlaubstag an der Ostsee verbringen wollten. Für heute hatte er jedoch eine andere Planung. In Kücknitz lebte, wie er nach längerer Recherche herausgefunden hatte, Herr Jacobsen, den er in seiner Schulzeit nahezu jeden Tag aufgesucht hatte. Der Antiquar aus der Braunstraße hatte schon vor längerer Zeit seine Buchhandlung aufgegeben und müsste jetzt über 90 Jahre alt sein. Er lebte in einem Seniorenheim und Carl war ein wenig aufgeregt von dem, was ihn erwarten würde. Das Heim lag idyllisch in einem Park. Carl sah von weitem, dass es sich zahlreiche Bewohner im großen Garten auf Bänken und auf der Terrasse gemütlich gemacht hatten und die Mittagssonne genossen. Carl Kröger meldete sich an der kleinen Rezeption an und sagte, dass er Herrn Jacobsen besuchen wolle. Die Dame nannte ihm die Zimmernummer und wies ihm den Weg. Carl sah das Namensschild neben der Tür und klopfte. Der Raum enthielt ein Bett, einen Schrank, ein Bücherregal, in der Mitte einen quadratischen

Tisch mit zwei Stühlen und vor dem Fenster einen bequem anmutenden Lehnstuhl. Darin saß der alte Jacobsen, blickte nach draußen und sagte forsch, ohne den Kopf in Richtung des Besuchers zu wenden: „Immer hereinspaziert, wer auch immer es ist!" Carl hatte den alten Mann sofort erkannt. Abgesehen von den Spuren des natürlichen Alterungsprozesses, Jacobsen hatte schlohweißes, unfrisiertes Haar, meinte Carl Kröger beinahe, den Herrn Jacobsen aus seiner Jugendzeit vor sich zu haben. Lediglich die Krümmung seines Rückens war stärker geworden.

„Guten Tag, Herr Jacobsen, ich bin Karl Kröger, ich weiß nicht, ob Sie sich an mich erinnern."

Jacobsen drehte sich zu Carl um und musterte ihn mit klarem, fast stechendem Blick.

„Schau an, der junge Kröger. Klar erinnere ich mich. Der Enkel vom Tischlermeister aus der Böttcherstraße. Du hast dich gut gehalten. Nur dein Haupthaar wird grau und dünnt aus. Aber da müssen wir alle durch." Er streckte Carl seine knöcherne Hand entgegen, die dieser mit beiden Händen herzlich umfasste.

„Ich freue mich, wie geht es Ihnen, Herr Jacobsen?"

„Na wie es einem jungen Spund von 94 so geht. Ich verlang's nicht schlechter."

„Nett haben Sie's hier!"

„Nu hör bloß auf! Guck mal hier!", sagte er und zeigte auf das das schmale Regal. „Nur diese paar Bücher durfte ich mitbringen. Eine Schande, was?" Nachdenklich schaute er zu Boden.

„Du weißt doch hoffentlich noch, welchen Bücherschatz sich in meinem Laden befand."

Und ob Carl das wusste! Schließlich hatte er das Antiquariat mit seiner paradiesischen Unordnung, den Bücherstapeln, Haushaltsauflösungen in Wäschekörben und Obstkisten, wo er nach Herzenslust stöbern konnte, so geliebt. Und wo schließlich seine Berufung zum Buchliebhaber angelegt worden war.

„Carl, erzähle einmal, wie es dir ergangen ist. Von deinen Eltern hatte ich damals erfahren, dass du dein Studium nicht zu Ende gebracht hast."

„Stimmt. Ich bin Buchhändler geworden. Und bald gehe ich in Rente."

„Tja, für Bücher hattest du schon immer etwas übrig."

„Ihr Antiquariat war schließlich ein ganz besonderer Ort für mich."

„Ich glaube, dein Großvater hat mit seinen Büchermöbeln einen großen Einfluss auf dich gehabt. Wie hattest du noch gesagt, was er macht?"

„Er gab den Büchern ein Zuhause."

„Schön, das trifft es wunderbar. Und du hast deinen Beruf gerne ausgeübt als Buchverkäufer?"

„Es gibt nichts Schöneres! Bücher sind ja nicht nur eine Ware wie jede andere. Bücher haben Leben, das ihnen der Autor eingehaucht hat. Und bereits gelesene Bücher haben eine Seele, weil sie für den Leser eine Bedeutung hatten."

„Du hältst also auch nicht viel von Bestsellern und Verkaufszahlen? Sie halten doch den Buchhandel am Leben!"

„Das stimmt zwar, ist aber für mich nicht entscheidend. Schauen Sie, für mich ist jedes Buch ein Erfolg, das einen Leser gefunden hat, dem es etwas gegeben hat."

In diesem Moment zeigte Herr Jacobsen ein zufriedenes Lächeln.

„Ich habe den Eindruck, der alte Kröger und ich haben ein bisschen auf dich abgefärbt, was?"

Carl lächelte verlegen, wie damals, als er das Antiquariat Jacobsen zum ersten Mal betreten hatte.

„Wie oft durfte ich diese Momente erleben, wenn meine Buchempfehlung zum Leser gepasst hat, wenn das Buch richtig war! Insofern war ich glücklich in meinem Beruf, wenn ich darüber nachdenke. Ein Buch, welches den Leser weiterbringt, ist ein gutes Buch."

„Aber Belletristik leistet doch keine Lebenshilfe, indem sie Ratschläge gibt", entgegnete Jacobsen.

„Stimmt, aber sie wirft die richtigen Fragen auf. Wie in einem guten Coachinggespräch."

Der alte Jacobsen grübelte.

„Und du gehst bald in den Ruhestand?"

„Ja, aber ich kann mich noch nicht richtig an den Gedanken gewöhnen."

„Warum denn nicht? Du hast es verdient."

„Ich habe das Gefühl, ich bin noch nicht fertig. So, als müsste ich noch etwas vollenden, ans Ziel bringen."

„Hast du eigentlich einmal versucht, selbst ein Buch zu schreiben?"

„Versucht ja, aber ich glaube, mir fehlt das Talent. Mein Platz ist an anderer Stelle."

„Du hättest mein Antiquariat übernehmen können. Aber den Laden gibt es schon lange nicht mehr", sagte der alte Mann schwermütig.

„Ich möchte noch etwas Besonderes tun, für die Bücher."

„Was schwebt dir vor?"

„Getreu dem Spruch von damals: Den Büchern ein Zuhause geben!"

„Also doch so etwas wie ein Antiquariat oder eine Bibliothek?"

„So ungefähr. Allerdings spektakulärer. Etwas, was es bis heute noch nicht gibt."

„Tut mir leid, Carl. Ich fürchte, ich kann dir nicht helfen, ich bin zu alt für Spektakuläres. Aber verfolge dein Ziel auf jeden Fall weiter!"

Carl und der alte Jacobsen plauderten noch eine geschlagene Stunde, über die Zeit in der Lübecker Altstadt, über das Älterwerden und natürlich über Literatur.

Als die beiden sich herzlich verabschiedeten, bedankte sich der Antiquar für den Besuch und ermunterte Carl nochmals mit den Worten: „Was immer du vorhast, bleibe dabei, halte Kurs! Die Bücher sind es wert!"

Oslo, 2016

Carl Kröger betrat zögernd, fast ehrfürchtig die Deichmanske Bibliotek in der Hauptstadt. Lange hatte er gehofft, einmal diese berühmte Bibliothek zu besuchen. Bestens gelaunt und eingestimmt war er am Morgen mit der Fähre aus Kiel angekommen, auf der er sich noch einmal intensiv mit der Literatur Norwegens beschäftigt hatte. Der Besuch war nicht nur einem touristischen Standardprogramm geschuldet, sondern hatte fast den Charakter einer Dienstreise, denn er wollte vor Ort seine Kenntnisse über die norwegische Fjordküste vertiefen. Der „dienstliche" Hintergrund lag in der Tatsache begründet, dass Carl das Angebot einer Kreuzfahrtreederei erhalten hatte, als Lektor an Bord die Passagiere über das Reisegebiet zu informieren. Er hatte zwar in den vergangenen zwei Jahren Norwegisch-Kurse belegt und sich in der Literatur des Landes fachkundig gemacht, ihm schien es jedoch angebracht, im

Lande selbst weitere Vertiefungen seines Wissens vorzunehmen.

Das große Fährschiff hatte bei herrlichem Sommerwetter den Oslofjord passiert und um 10:00 Uhr in Filipstad festgemacht. Für drei Nächte hatte er im Hotel am Munkedamsveien eingecheckt und sich sofort auf den Weg ins Zentrum begeben.

Jetzt stand er etwas verloren in der großen Halle der Bibliothek und versuchte sich zu orientieren. Zunächst in der Landessprache, dann aber doch lieber auf Englisch fragte er eine Mitarbeiterin der Bibliothek, wo er Literatur über Westnorwegen finden würde. Die Dame gab ihm freundlich Auskunft und er folgte ihrer Wegbeschreibung.

Die Abteilung über den westlichen Landesteil, speziell über das Fjordland war umfangreich und hervorragend sortiert. Carls Kenntnisse aus dem Studium erleichterten ihm eine gezielte Suche nach landeskundlichen Werken, aber auch nach belletristischen. Ihm wurde allerdings bewusst, wie rudimentär seine Volkshochschulkenntnisse in der norwegischen Sprache doch waren. Wieder einmal war Carl mit sich unzufrieden, was dazu führte, dass er sich zu Hause umgehend zu einem Erweiterungskurs anmelden wollte.

Er nahm etliche Bände aus den Regalen und legte sie zur genaueren Betrachtung auf einen Tisch. Die Besucherzahl an diesem Vormittag war respektabel. Obwohl Carl diverse Bibliotheken kannte, fand er es eindrucksvoll, dass die Deichmansche offensichtlich eine des Volkes war. Alle Altersstufen und, soweit hatte er jedenfalls den Eindruck, alle Bevölkerungsschichten waren vertreten und nahmen „ihre" Bibliothek in Gebrauch.

Carl war gerade intensiv mit einer physiogeographischen Abhandlung über die Fjorde beschäftigt, dass er Kjersti zunächst gar nicht registrierte, die schräg gegenüber an seinem Tisch Platz genommen hatte. Erst nach einer Weile blickte er auf und sah sich einer blonden, zierlichen Frau gegenüber, die er auf Anfang fünfzig schätzte. Sie grüßten einander durch ein flüchtiges Kopfnicken und widmeten sich sofort wieder ihren Büchern. Carl versuchte wie früher im Latein- und Griechischunterricht, den Text zu übersetzen, indem er ihm mit dem Finger unter den Worten entlangfahrend einen deutschen Sinn zuzuweisen versuchte. Das musste der Frau gegenüber aufgefallen sein, denn sie sprach ihn leise, wie es nun einmal in Bibliotheken üblich erscheint, auf Deutsch an:

„Entschuldigung, kann ich helfen?"

Carl erschrak ein wenig.

„Vielleicht!", antwortete er, ebenfalls flüsternd.

Daraufhin machte Kjersti eine Bewegung mit der Hand und wies auf den Randbereich der Lesehalle oder auf den angrenzenden Flur hin.

Carl folgte ihr mit dem Buch dorthin, wie selbstverständlich, fast mechanisch. Seine Lektüre schien jetzt zweitrangig. Früher wäre das nicht so leicht möglich gewesen. Wenn Carl sich in ein

Buch vertieft hatte, gelang es kaum jemandem, ihn zurückzuholen. Seine Mutter hatte das jedes Mal zum Anlass genommen, ihn wieder einmal wegen seines übermäßigen Buchkonsums zu schimpfen.

„Kjersti!", stellte sie sich vor.

„Carl!", entgegnete er.

„Du bist Deutscher, vermute ich."

„Richtig. Danke, dass du mich angesprochen hast. Woher sprichst du so gut Deutsch?"

„Meine Tante ist Deutsche. Außerdem habe ich mal in Deutschland gearbeitet. In der Gastronomie. Wie kann ich dir helfen?"

„In dem Abschnitt dieses Buches geht es um die Veränderungen in den Fjorden, für Natur und Mensch."

„Willst du dort Urlaub machen?"

„Nicht direkt. Ich werde an Bord eines Kreuzfahrtschiffes als Lektor arbeiten. Ich tue mich mit der Übersetzung schwer."

„Was willst du wissen? Schließlich komme ich aus dem Drømfjord."

„Was? Super, das ist ja ein Zufall!"

„Dann schieß mal los! Den Artikel kann ich dir ja immer noch übersetzen."

„Also, ich möchte die Passagiere einstimmen auf die Fjordlandschaft der Westküste. Deren geographischen Hintergrund habe ich drauf. Aber wie sieht es mit der Entwicklung aus? Was hat sich verändert, wie sieht die nahe Zukunft aus? Und was macht das Ganze mit den Menschen, die dort leben?"

„Das ist ja eine ganze Menge an Fragen. Du solltest natürlich etwas zum Klimawandel sagen. Dazu habe ich zu Hause ein paar Aufsätze. Außerdem zur Bevölkerungsentwicklung in den Fjorden. Der Rückgang der traditionellen Fischerei zum Beispiel hat zu einer starken Abwanderung geführt. Eine andere Art der Fischerei hat Einzug gehalten: Von den Aquakulturen hast du bestimmt gehört.

Auch von den damit zusammenhängenden Problemen. Wart mal, ich suche dir mal eben ein Buch darüber heraus!"

Kjersti erhob sich, ging zu einem Regal und fischte nach kurzer Zeit das gesuchte heraus.

Überhaupt war sie eifrig bemüht, ihm in der berühmten Bibliothek weiterzuhelfen. Und sie hatte Charme und war außerordentlich attraktiv. Carl musste sich eingestehen, dass er dies schon lange nicht mehr einer Frau attestiert hatte. Kjersti hatte trotz ihres fortgeschrittenen Alters jene mädchenhafte, nordische Ausstrahlung, für die er schon immer geschwärmt hatte. Einmal hatte er sich im Urlaub während der Semesterferien in Karelien in eine junge Finnin verliebt und erwogen, nach Helsinki zu ziehen, um sein Studium dort fortzusetzen.

Jetzt saß er der hübschen Norwegerin gegenüber und genoss die Unterhaltung mit ihr.

„Und du magst Kreuzfahrtschiffe?", fragte sie unverblümt.

„Eigentlich überhaupt nicht. Allerdings liebe ich es, die Passagiere an Bord auf die Ziele einzustimmen und dabei meine Kenntnisse weiterzugeben. Ein Bildungsauftrag im Grunde genommen. Das Geld und die Annehmlichkeiten der Seereise nehme ich gerne mit."

„Dort, wo ich lebe, sieht man die Zunahme der Kreuzfahrtschiffe sehr kritisch."

„Davon habe ich gehört. Kann ich auch nachvollziehen. Man sollte das Ganze begrenzen und mögliche Auswüchse eindämmen. Woanders passiert das schon. Auf jeden Fall bemühe ich mich im Auftrag der Reederei, dass die Passagiere viele Informationen erhalten und nicht einfach nur über die Landschaft herfallen."

„Das klingt gut. Hoffentlich sehen das alle ein, auch unsere Entscheidungsträger", sagte Kjersti nachdenklich.

„Übrigens, in den Drømfjord komme ich im Sommer auch", warf Carl ein.

„Wie schön, lauft ihr auch Flomdalen an? Dann kannst du mich ja einmal besuchen. Wenn du willst, natürlich."

Carl wusste nicht recht, wie ihm geschah. Mit dem, was sich hier anzubahnen schien, hatte er keine Erfahrung, jedenfalls schon lange nicht mehr.

„Ich denke schon, ich muss mir mal den genauen Reiseplan geben lassen. Ich komme gerne, wenn ich darf."

Kjersti schnalzte mit der Zunge und schüttelte den Kopf: „Darf? Seltsame Frage. Ein bisschen schüchtern, nicht wahr?"

„Was führt dich eigentlich von Flomdalen hierher in die Hauptstadt, Kjersti?"

„Ich hatte beim Notar etwas zu erledigen. Es ging um eine Immobilie? Morgen fahre ich zurück. Wie lange bleibst du noch?"

„Ich denke, ich werde mit meinen Recherchen bis übermorgen fertig sein. Darf ich deine Dolmetscherdienste noch einen Tag in Anspruch nehmen?"

Kjersti schaute ihm in die Augen und lächelte. „Wenn ich kann, gerne. Bedingung ist, dass du wirklich nach Flomdalen kommst!"

„Versprochen! Ich weiß nicht, wie es dir geht. Ich jedenfalls habe einen Riesenhunger. Sollen wir zusammen etwas essen gehen? Ich lade dich ein."

„Abgemacht. Wenn ich mich revanchieren darf, sobald du im Drømfjord bist."

Carl und Kjersti räumten die entnommenen Bücher zurück in die Regale und verließen die Deichmanske Bibliotek.

„Hast du Lust, zu Fuß zu gehen? Dann sehe ich noch ein bisschen von der Stadt", fragte Carl.

„Liebend gern. Ich habe eh zu viel gesessen in den letzten zwei Tagen."

Sie bogen in die Grubbegata ein, gingen am Ort des Attentates vom 22. Juli vorbei und hielten auf die Karl-Johans-Gate zu.

„Was hältst du vom Fischrestaurant an Aker Brygge? Immer wenn ich in Norwegen bin, ernähre ich mich ausschließlich von Fisch!", sagte Carl.

„Das kann ich nachvollziehen. Gerne!", antwortete Kjersti.

Am Radhusplassen schlenderten sie an den Fjordfähren vorbei und ließen die Stimmung des frühen Abends auf sich wirken. Die Außengastronomie an Aker Brygge war gut besucht, gegenüber lag die Festung Akershus im späten Sonnenschein. Carl führte seine Begleiterin in das Fischrestaurant und ließ sich einen Tisch zuweisen, von dem aus sie den flanierenden Menschen draußen zusehen konnten. Carl liebte diesen Ort über alles, immer wenn er in Oslo war, zog es ihn hierhin.

Die freundliche Kellnerin brachte die Karten und nahm die Getränkewünsche auf. Carl schlug einen trockenen Weißburgunder aus Deutschland vor und Kjersti war von seiner Wahl angetan.

„Was hältst du von einer Lofoten Fischsuppe und als Hauptgang von einer Schellfischplatte für uns beide?"

„Perfekt!", sagte Kjersti, die natürlich die Spezialitäten dieses Restaurants von zahleichen Besuchen kannte.

Die Kellnerin servierte den Wein und Carl orderte das Essen. Er erhob sein Glas und sagte: „Auf uns und die Deichmansche Bibliothek, in der man solch nette Leute trifft!"

„Skål!", erwiderte Kjersti. „Und jetzt erzähl mal von dir! Ich nehme nicht an, dass du nur von deinem Job als Lektor auf einem Kreuzfahrtschiff lebst."

„Du hast recht, eigentlich bin ich Buchhändler. Meine Welt ist die der Bücher!"

„Schön. Das heißt, du stehst hinter dem Tresen und verkaufst Bücher?"

„Ja. Auch. Ich berate die Kunden, damit sie auch das richtige Buch bekommen. Also, eher umgekehrt. Ich passe auf, dass ein Buch nicht in die falschen Hände gerät. Ich kümmere mich um die Bücher. Dass es ihnen gut geht."

„Interessant, davon habe ich bisher noch nie gehört."

„Außerdem sammle ich Bücher."

„Alles oder nach Plan?"

„Ich sammle gebrauchte Bücher."

Kjersti verstand zunächst nicht, bis Carl erläuterte.

„Ich bin der Ansicht, dass Bücher, die bereits gelesen wurden, sich Verdienste erworben haben. Also bringe ich Ihnen Wertschätzung entgegen und verwahre sie."

Und Carl erzählte Kjersti von seinem Großvater und dem Antiquariat des alten Jacobsen in Lübeck.

„Ich verstehe zwar nicht alles von dem, was du sagst, aber es klingt interessant und irgendwie faszinierend. Ich lese gern und viel, aber über deine Art des Sammelns habe ich noch nicht nachgedacht."

„Auch sammle ich Remittenden, also Bücher, die im Handel keine Leser gefunden haben. Verlassene Seelen, um die man sich kümmern sollte."

„Ein bisschen schräg, aber ich bewundere dich!"

Die beiden genossen das Essen und der köstliche Wein beflügelte die Plauderei. Carl bestellte eine zweite Flasche.

„Zeigst du mir den Drømfjord, wenn ich nächsten Monat komme?"

„Aber mit dem größten Vergnügen. Wie fast alle in Flomdalen habe ich ein kleines Boot, dann unternehmen wir eine Exkursion."

„Ich kläre das mit der Reederei, ob ich ein paar Tage meine Tätigkeit unterbrechen kann."

Nachdem sie nochmals angestoßen hatten, ergriff Kjersti seine Hand und sagte: „Ich freue mich."

Carl hatte das Gefühl von Schmetterlingen im Bauch. Wann war ihm jemals so etwas passiert? Er dachte: „Jetzt bin ich so alt geworden und drauf und dran, mich noch einmal zu verlieben."

Der Wein schien bei den beiden allmählich seine Wirkung zu entfalten und Kjersti sagte: „Setzt du mich gleich bitte in ein Taxi, das mich nach Majorstua bringt? Dort übernachte ich bei einer Cousine."

Carl nickte und bat die Bedienung um die Rechnung.

Die beiden verließen leicht beschwipsten Schrittes das Restaurant und fügten sich in den Strom der auf Aker Brygge Flanierenden. Kjersti hatte sich zunächst bei Carl untergehakt, später gingen sie Hand in Hand.

„Gehen wir noch ein Stück?", fragte Carl. „Der Abend ist so schön."

Am Astrup-Faernley-Museum vorbei gelangten sie zu den bunten Skulpturen, wo sie abwechselnd pantomimische Posen vollführten. Carl stellte fest, dass Kjersti herzlich lachen konnte und ihm gefiel, wie sie beide in nahezu kindlichem Übermut herumalberten. Als sie sich hinter dem grünen Kreis in die Arme liefen, küssten sie sich innig. Carl überlegte kurz, dass er eigentlich nach Oslo gereist war, um Recherchearbeit zu betreiben. All diese Gedanken waren jetzt weit weg. Am Badesteg in Tjuvholmen setzten sie sich kurz hin. Kjersti meinte: „Es war ein schöner Abend, aber ich glaube, ich muss jetzt nach Hause. Bitte lass uns ein Taxi suchen!"

„Willst du allen Ernstes noch nach Majorstua? Mein Hotel liegt um die Ecke, im Munkedamsveien."

Kjersti schaute spitzbübisch: „Ist das dein Ernst?"

„Absolut."

„Meinst du wirklich, Carl Kröger?"

Carl lächelte: „Wie meinen Büchern gewähre ich heute auch dir Asyl, Kjersti Folstad."

Die beiden festigten den Griff ihrer Hände und gingen eng aneinandergeschmiegt in Richtung Munkedamsveien.

Flomdalen, 2017

Kjersti Folstad saß auf der Bank vor ihrem Haus und blickte gespannt auf die Mitte des Fjordes, wo in wenigen Augenblicken das riesige Schiff um die Biegung kommen würde. Ein Kreuzfahrtschiff war angekündigt und danach würde Flomdalen von einem Moment auf den anderen zum Leben erwachen. Der Ausdruck ist eine riesige Untertreibung. Flomdalen, das verschlafene Fjorddorf, würde wie auf Knopfdruck die meisten in ihm lebenden Menschen zu einer gewaltigen Geschwindigkeitssteigerung veranlassen. Hafenarbeiter würden zur Anlegestelle eilen und das Festmachen sicherstellen. Polizei und Hafenbehörde würden die Freigabe und damit die Erlaubnis zum Landgang organisieren. Auch Kjersti würde zum Kiosk am Anleger eilen, wo sie Turid Aamodt, der Besitzerin, zugesagt hatte, bei dem zu erwartenden Ansturm der Passagiere auszuhelfen, wenn diese sich auf das Angebot an Souvenirs, norwegischer Handwerkskunst, Strickwaren und Ansichtskarten stürzen würden. Kjersti sah ihren Einsatz mit gemischten Gefühlen. Gewiss blieb so manche Krone im Laden und im Dorf hängen, auch für sie sprang ein kleiner Nebenverdienst heraus. Aber Kjersti machte sich Gedanken über den Preis dieser Art des Tourismus: In der Hauptsaison lagen mitunter mehrere Schiffe am Tag im beschaulichen Drømfjord, die Belastung durch Abgase war erheblich, es gab die Gefahr von Havarien, letztendlich führte das zu einer Kommerzialisierung der grandiosen Naturlandschaft. Mittlerweile regte sich Widerstand gegen die Vielzahl der Anläufe, eine strikte Begrenzung wurde kontrovers diskutiert. Zudem hatte das Fjordland genug andere Probleme zu bewältigen, wie den Rückgang der Fischerei, damit verbundene Arbeitslosigkeit,

Fangquoten, Probleme der Zuchtstationen wie Lachsfarmen, nicht zuletzt die Auswirkungen des Klimawandels wie das Abschmelzen der Gletscher wie dem Flomdalsbreen, dessen Auswirkung auf Wassernutzung, Energiegewinnung, Fauna und Flora und nicht zuletzt der Anstieg des Meeresspiegels und die zunehmende Heftigkeit der Stürme.

Vor einem Jahr hatte sie in Oslo Carl Kröger kennengelernt. Jetzt wartete sie auf die Ankunft ihres deutschen Freundes. Dabei summte sie das Lied von Kari Bremnes, in dem ein Mädchen im Fjord am Kai wartet, dass das Postschiff kommt und es mitnimmt.

Kiel, 2017

C arl Kröger stieg aus dem Taxi, das ihn vom Hauptbahnhof zum Cruise Center gebracht hatte. Er hatte die lange Reihe der vor dem Check-in wartenden Passagiere bereits vom Taxi aus gesehen und hoffte, dass er in der Abfertigungshalle jemanden von der Crew finden würde, der ihn an der Menschenmenge vorbei zum Eingang für Crewmitglieder bringen könnte. Schließlich war er ja nicht als Urlauber nach Kiel gereist, sondern um seinen Vertrag als Lektor zu erfüllen. Gleich würde er sich mit dem Kreuzfahrtdirektor treffen, um Einzelheiten seiner Vorträge während der einwöchigen Kreuzfahrt nach Norwegen zu besprechen. Er fand eine nette junge Dame aus dem Entertainment-Team, die ihn zum Zugangsbereich für Besatzungsmitglieder geleitete. Nachdem er die Sicherheitsprozedur hinter sich gebracht hatte, ging er mit seinem Rollkoffer in Richtung Gangway, vor der ein Fotograf bemüht war, von möglichst vielen Einsteigenden Erinnerungsfotos zu machen, die er später im Fotoshop verkaufen würde. Carl belächelte die gestellten Szenen, in den die Gäste teils mit erwartungsfrohen Gesichtern, teils mit gequältem Lächeln in die Linse schauten.

Carl Kröger betrat über die Gangway das Kreuzfahrtschiff und grüßte die Crewmitglieder, die an der Zugangskontrolle Dienst taten, offenbar auch hier mehrheitlich Philippinos. Seine Kabine suchte er nicht sofort auf, sondern ging zunächst auf Deck 5, von dem er den Strom der Reisenden auf das Schiff gut beobachten konnte. Er versuchte sich vorzustellen, mit welchen Erwartungen die Gäste wohl an Bord gingen. Waren es heute hauptsächlich Reisende, die sich zum ersten Mal eine Kreuzfahrt „gönnen" wollten oder waren es eher „Wiederholungstäter", die diese Art des Reisens bereits zu ihrer bevorzugten gemacht hatten? Oder waren es einfach Norwegen-Interessierte, die des Zieles

wegen gebucht hatten? Worauf würde er sich ein-
stellen müssen bei seinen Vorträgen als Lektor?
Das könnte auf jeden Fall einen Spagat erforder-
lich machen in Bezug auf die Erwartungshaltung,
das Vorwissen und die Interessen der Passagiere.
Auch würde er die Wünsche des Kreuzfahrtdirek-
tors berücksichtigen, der natürlich ein Interesse
am Verkauf der Ausflüge hatte.

Carl blickte in die Gesichter der Ankommenden.
Würden sie die Entspannung durch die Seereise
nutzen und Bücher lesen? Er fand, man müsste an
Bord einmal eine Erhebung durchführen, welche
Lektüre Kreuzfahrtgäste bevorzugten. In einem
nächsten Schritt würde er die Gäste bitten, ihm die
ausgelesenen Bücher auszuhändigen. Schließlich
hätten gerade diese Werke einen bedeutenden
Zweck erfüllt: Sie hätten den Leser in seinem Be-
streben unterstützt, den Urlaub, für den man viel
Geld ausgegeben hat, hinsichtlich Erholung,

geistige Anregung und Genuss zu einem Erfolg werden zu lassen.

Es roch nach Ostsee und Schiffsabgasen. Die Geräuschkulisse war dominiert von den Motoren des Schiffsverkehrs und den Signalen der Typhone. Die der Gangway zuströmenden Passagiere verhielten sich erstaunlich still. Offenbar war dies der besonderen Situation geschuldet, wenn man vor der majestätischen Kulisse eines riesigen Schiffes steht, welches einem das Erlebnis Kreuzfahrt verheißt. Vielleicht macht sich unter den Menschen beim Einsteigen auch die Erkenntnis breit, dass man für die Dauer einer Woche eine Schicksalsgemeinschaft mit den anderen Mitreisenden und der Besatzung bilden würde. Einmal über die Gangway in das Innere des Kreuzfahrtriesen gelangt würde es zumindest für eine festgelegte Zeit kein Zurück geben.

Carl Kröger empfand den Blick auf diese Szenerie von dem Aussichtsplatz auf Deck 5 als bedeutsam und in einer besonderen Art feierlich. Er beschloss, in seinen ersten Vortrag an Bord diese Emotionalität des Augenblickes sowie des später folgenden Auslaufrituales an den Anfang zu stellen und so die Zuhörer einzustimmen.

Carl machte sich auf zu seiner Kabine. Der lange Korridor mit dem weichen Teppichboden mutete an wie ein Tunnel, an dessen Ende sich eine Tür auftun würde, durch die er in eine andere Welt hinüberschreiten würde. Obwohl er schon etliche Male auf einem Kreuzfahrtschiff als Lektor unterwegs gewesen war, kam ihm das Ende des Korridors heute irgendwie besonders vor. Klar vor Augen hatte er seinen Weg bis zur Vollendung seines Lebenstraumes. In wenigen Tagen würde er Kjersti wiedersehen. Mit ihr würde er die letzten Schritte der Konkretisierung seines Planes besprechen. Auf seine Freundin würde er sich verlassen können, sie stand absolut hinter seinem Herzenswunsch. Carl legte sich eine Weile auf sein Bett, stöpselte sich die Ohrhörer ein und stimmte sich mit Liedern von Kari Bremnes auf die norwegischen Fjorde ein.

Hamburg, 2018

Der Zeitpunkt der Umsetzung seines Vorhabens rückte näher. An seinem letzten Arbeitstag holte Carl Kröger tief Luft, als er den Buchladen betrat. Er versuchte herauszuriechen, ob sich der Geruch von dem der anderen Tage unterschied und ob sich der aktuelle einer bestimmten Note zuordnen ließe. Carl Kröger konnte von sich behaupten, eine gute Nase zu haben. Und das in mehrfacher Hinsicht. Er hatte einen guten Riecher, ein schier untrügliches Gespür für gute Literatur. Das war nicht nur zu beziehen auf kommende Bestseller. Gute Literatur war für ihn auch dann gut, wenn sie zu einem Leser gut passte. Dieses Gespür hatte schließlich zu seinem außerordentlichen Erfolg als Buchberater beigetragen. Wenn einer seiner Kunden nach der Lektüre wieder den Buchladen betrat und sagte: „Herr Carl, Ihre letzte Empfehlung war genau richtig, das Buch hat mir gutgetan", dann hatte er das zufriedene Gefühl, gute Literatur empfohlen zu haben. Auch dann, wenn Buch und Autor wenig bekannt und literarisch völlig belanglos waren.

Gerüche! Wie damals schon für ihn als kleiner Junge, der es liebte, in der Werkstatt seines Großvaters in die Geruchsnuancen einzutauchen, verströmte die Buchhandlung für ihn jene olfaktorische Melange von den verschiedensten bedruckten Papieren und ein eigenartiges Glücksgefühl. Während mancher Kunde in einer Buchhandlung nach kurzer Zeit das Bedürfnis nach frischer Luft verspürt, konnte Carl nicht genug bekommen von Buchdüften.

Es war, wie gesagt, sein letzter Arbeitstag und Helena Globig hatte nach Ladenschluss zu einem kleinen Umtrunk in der Buchhandlung geladen. Carl hatte ein mulmiges Gefühl wegen bevorstehender Ansprachen und zu seiner Chefin gesagt, am liebsten hätte er gar nichts: keine Feier, keine Reden, keine Geschenke. Den letzten Punkt hatte er ein bisschen beeinflussen können, indem er sich ‚eine Kiste voll mit Büchern' gewünscht hatte. Bevor die Kollegen sich über diesen Wunsch amüsieren konnten, hatte er präzisiert: gelesene, gebrauchte Bücher, dazu noch Remittenden, also Bücher, die keinen Leser gefunden hatten. Natürlich hatten die Kollegen nachgefragt, was er denn damit anstellen wolle, aber Carl war eine klare Antwort schuldig geblieben. „Das gehört zu meinem Plan!", hatte er kryptisch gesagt und so den Spekulationen im Kollegenkreis breiten Raum gegeben.

Als die Zeit der Verabschiedung gekommen war, schloss Helena Globig den Laden und alle versammelten sich in der Mitte des Raumes um den großen Tisch mit den aktuellen Bestsellern. Die Chefin fasste sich wohltuend kurz und wünschte Carl Kröger im Namen aller alles Gute für die Zeit, die jetzt vor ihm lag und dass all seine Wünsche und Pläne in Erfüllung gehen mögen. Mit einem verschmitzten Lächeln verriet sie den anderen, Carl habe ihr im Vertrauen ein wenig von seinem Plan verraten und dafür habe sie ein Geschenk besorgt. Mit diesen Worten verschwand sie kurz hinten im Lager und kam zurück mit einer großen Kiste, einer Büchertruhe aus massivem dunklem Holz.

„Darin kannst du all deine Pläne und natürlich auch jede Menge Bücher unterbringen!"

Carl war gerührt, als er seine Hände über die Truhe gleiten ließ, und ihm schossen tatsächlich ein paar Tränen in die Augen, als er die Kiste öffnete und die vielen Bücher sah, die Helena eingesammelt und bereits dort verstaut hatte.

Carl bedankte sich und erhob sein Glas, um auf das Wohl der Buchhandlung Globig und aller Kolleginnen und Kollegen anzustoßen. Ja, er habe große Pläne und er werde berichten, sobald das Wesentliche davon verwirklicht sei. Was er vorhabe, sei er sich selbst, seinem Großvater und der Literatur schuldig.

Kari Bremnes sang das Lied von dem richtigen Weg.

Drømfjord, 2018

C arl schlug blinzelnd die Augen auf und realisierte, dass Kjersti bereits aufgestanden war und in der Küche hantierte. Es roch herrlich nach Kaffee und Carl schlich sich von hinten an seine Freundin heran und umarmte sie. Der Tag der Verwirklichung seines Projektes war gekommen. Carl hatte vermutlich aufgrund dieser Tatsache bereits seit vier Uhr nicht mehr geschlafen, so fieberte er dem Tag entgegen, der für die beiden enorme Arbeit bereithalten würde.

„Meinst du, wir haben an alles gedacht?", fragte er.

„Aber gewiss, mein Lieber", erwiderte Kjersti.

„Wird dein altes Boot durchhalten?"

„Klar, Ole hat es vor einer Woche noch einmal durchgecheckt. Außerdem will er kommen und uns helfen."

„Wenigstens werden wir heute gutes Wetter haben."

Carl genoss das norwegische Frühstück, das seine Freundin wieder einmal perfekt zubereitet hatte. Anschließend machten sie sich auf zum Lagerschuppen am Anleger, den Kjersti angemietet hatte. Sie schloss auf und Carl nahm in Augenschein, was in den letzten Tagen per Frachtboot angeliefert worden war: ein halbes Dutzend Umzugskartons und die große Schiffstruhe, die er von Helena Globig zur Verabschiedung bekommen hatte. Carl war gerührt und murmelte: „Bald bin ich am Ziel!"

Plötzlich ertönten vom Fjord her Motorengeräusche. Carl Kröger traute seinen Augen nicht: Drei Boote machten am Steg fest! Ihnen entstiegen Turid, die Betreiberin des Kioskes, Ole, der Elektriker, Torvald, Betreiber einer Lachsfarm in einem Seitenarm des Drømfjordes sowie Ann Marit, Oles Frau und Angestellte in Turids Kiosk.

Carl Kröger erfasste die Szenerie am Anleger, Tränen traten ihm in die Augen. Offensichtlich hatte

er die norwegischen Freunde gewaltig unter-
schätzt. Hatte er vor kurzem noch den Eindruck,
sie würden sein Vorhaben für eine Spinnerei „des
verrückten Deutschen" halten, so erfüllte es ihn
jetzt mit Stolz, dass er auf ihre Unterstützung setzen konnte.

„Wir können loslegen!", rief Ole. Die Freunde stie-
gen aus ihren Booten und gingen auf den Lagerschuppen zu.

„Wir nehmen die Truhe", rief Torvald und winkte
Carl zu.

„Also Carl, leichte Fracht ist das ja gerade nicht!",
frotzelte der Fischer.

Carl wollte antworten, fand aber auf die Schnelle
die Übersetzung für „gewichtiger Inhalt" nicht.
Nach einer Viertelstunde waren alle Kisten auf die
vier Boote verteilt. Daraufhin setzte sich die kleine
Karawane vom Anleger in Bewegung, nach einer
halben Stunde war sie hinter der ersten Biegung
des Drømfjordes verschwunden. Kjersti befand

sich am Steuerstand der „Håper", während Carl voller Bewunderung seine Freundin beobachtete. Sie hatte sich ohne Zögern auf Carls Projekt eingelassen.

„Man muss mindestens einmal im Leben ein Zeichen setzen!", hatte sie gesagt. Carl dachte an den Tag, an das große Glück, als er Kjersti in der Deichmanschen Bibliothek begegnet war. Während er sie auf seiner Seite wusste, betrachteten ihn die Dorfbewohner verständlicherweise anfangs mit Argwohn. Eines Abends, als er sich in der Dorfwirtschaft ein paar Bier gönnte, schnappte er von der Theke einige Gesprächsfetzen auf. Drei Männer sprachen offenbar über ihn und dabei fiel das Wort „spinner". Carl machte sich nichts daraus, dafür war er mit seiner Idee schon zu oft belächelt worden. Kjersti hatte ihn immer wieder bestärkt, weiterzumachen.

„Wenn du alles vollendet hast, wirst du noch berühmt und unser Fjord auch", hatte sie gesagt. Kjersti setzte ihre *„Håper"* in Fahrt und die kleine Karawane der übrigen Boote folgte ihr wie an einer Schnur aufgereiht. Die Boote verursachten Linien von zwei Bugwellen, die eine Spur im ruhigen Fjordwasser nachzeichneten.

Hendrik vom Ivertsen-Hof, der oberhalb von Flomdalen am Hang lag, wird sich gewundert haben, als er diesem seltsamen Konvoi nachblickte.

Das Führungsboot, die *„Håper"*, hielt auf die Öffnung des Drømfjordes hin zur Nordsee zu, wo sich das Aussehen der Landschaft deutlich veränderte. Ein Meer von kleinen und kleinsten Felseninseln, von denen einige kleine Häuschen, Hütten oder Seezeichen enthielten, die den einfahrenden Booten und Schiffen früher als Navigationshilfen dienten, bildeten eine perfekte Szenerie einer von Schären geprägten Naturlandschaft.

Kjersti verlangsamte die Fahrt und hielt auf eine Schäre zu, die auf dem kleinen

Felsplateau eine rotgetünchte Hütte sowie einen etwa vier Meter langen Bootssteg aufwies. Die Mannschaft des Konvois hatte Probleme, alle Boote in geeigneter Weise festzumachen, aber es gelang unter dem geschickten Kommando von Torvald, dem Fischer. Während Kjersti und Carl die Hütte öffneten, bereiteten die Helfer das Entladen vor.

„Stellt einfach die Truhe und die Kartons in die Hütte, ich kümmere mich gleich um das Einräumen", rief Carl.

Nach kurzer Zeit war alles verstaut.

„Und wenn ich alles fertig habe, müsst ihr nochmals herauskommen!", ergänzte der Buchhändler. Kjersti und er winkten den Freunden eifrig zu, als diese die Rückfahrt nach Flomdalen antraten. Zusammen mit seiner Freundin brachte Carl die ersten Regalbretter an den Wänden der Hütte an und räumte die Bücher ein. Danach trat Carl zurück in die Eingangstüre und betrachtete seine „Bibliothek".

„Ich danke dir von ganzem Herzen, dass du das mit mir verwirklicht hast."

Dabei nahm er seine Freundin in seine Arme und küsste sie. Die beiden blieben noch eine Weile und Kjersti überraschte ihren Freund mit einer weiteren kleinen Kiste sowie einer Flasche Sekt, die sie in der *„Håper"* heimlich verstaut hatte und die sie jetzt auf der Schiffstruhe sitzend gemeinsam genossen.

„In dem Karton habe ich noch einige norwegische Bücher für dich gesammelt, schließlich sind wir im Drømfjord", sagte Kjersti. Mit diesen Worten reichte sie ihrem Freund ein in ein riesiges Stück Geschenkpapier eingepacktes rechteckiges Etwas.

Carl schaute Kjersti überrascht an und fragte: „Für mich? Aber du hast mich doch bereits so reichlich beschenkt!"

Carl versuchte mit aller Vorsicht, Kjerstis Geschenk auszupacken. Wenn in der

Buchhandlung Kunden ein Buch in Geschenkpapier einpacken ließen, war es für Carl stets ein feierliches Ritual, dem soeben ausgesuchten Werk ein würdevolles Aussehen zu verleihen. Die Stammkunden wussten, wie wichtig ihrem „Herrn Carl" diese Prozedur war, und nahmen die Wartezeit am Tresen gern in Kauf, wusste doch Carl immer etwas zum jeweiligen Buch zu erzählen.

Jetzt hielt er das Geschenkpapier nahezu vollständig in Händen, so als wollte er seiner Freundin Umweltbewusstsein demonstrieren im Sinne von „Das kann man nochmals verwenden".

Was nunmehr zum Vorschein kam, war ein etwa ein Meter langes Holzschild, das Kjersti offenbar bei Kjell Eskildsen, dem Tischler in Flomdalen, hatte anfertigen lassen.

„Das musst du heute noch an der Hütte im Fjord anbringen! Ich habe die Aufschrift ein wenig norwegisch bearbeitet", sagte Kjersti.

Carl schluckte und hatte Tränen in den Augen.

„Danke, Kjersti. Ich glaube, jetzt ist mein Traum verwirklicht."

In Carls Gedanken sang Kari Bremnes das Lied vom Leben im Norden und von den Sehnsüchten der dort lebenden Menschen.

Das weiß lackierte Schild trug die blaue Aufschrift:

Bibliotek
Carl Krøger

Nach einigen arbeitsreichen Tagen wachte Carl Kröger sehr früh am Morgen auf. Da Kjersti noch fest schlief, ging Carl darauf achtend, keinerlei Lärm zu verursachen, ohne Frühstück aus dem Haus. Lediglich ein Stück Brunost sowie ein Weißbrot hatte er leise dem Vorratsschrank entnommen. Im Schuppen fand er noch zwei Flaschen Mineralwasser, die er zusammen mit dem kargen Proviant in der „Håper" verstaute. Im Boot befand sich Ölzeug, von dem Carl seit den Abendnachrichten befürchtete, es benötigen zu müssen. Der Wetterbericht verhieß nichts Gutes. Schwere Sturmböen waren vorhergesagt, ein erhöhter Wasserstand könnte tiefer gelegene Bereiche des Fjordes teilweise überfluten. Das Navigieren im Einfahrtsbereich des Drømfjordes war ohnehin nicht einfach und Carl war alles andere als ein erfahrener Bootsführer. Alles in allem war es ein mehr gewagtes Unterfangen, jetzt noch rauszufahren. Aber Carl murmelte seit der nahezu schlaflosen Nacht immer den gleichen Satz vor sich hin: „Ich muss mein Werk schützen, ich muss hinaus in meine Bibliothek!"

Während Carl weiter hantierte, um die „Håper" auslauffertig zu machen, erblickte er eine Gestalt, die sich in etwas ungelenkem Gang auf sein Boot zubewegte. Er erkannte Terje Andersen, einen armen Schlucker, der als Fischer arbeitslos geworden war, sich mit Gelegenheitsjobs über Wasser hielt und ein immenses Alkoholproblem hatte. Ihn hatte Carl an den Abenden im Wirtshaus kennengelernt und sich, zumindest in den Zeiten, in denen Terjes Pegel es noch zuließ, mit ihm über Gott und die Welt unterhalten. Er war im Grunde ein feiner Kerl. Wenn jedoch der Alkohol überhandnahm, konnte er ungemütlich werden. Terje hatte entweder die Nacht durchgemacht oder war heute besonders früh unterwegs auf der Suche nach Arbeit oder Hochprozentigem.

„Hei, Carl!", rief er dem Mann in der *„Håper"* freundlich zu. „Grässliches Wetter, und es soll noch schlimmer werden."

„Ja, leider. Aber ich muss trotzdem noch mal raus."

„Das solltest du besser lassen! Was sagt denn Kjersti dazu?"

„Die schläft noch."

„Soll ich dir ein bisschen zur Hand gehen? Bei dem, was uns bevorsteht, sollte man nicht allein unterwegs sein."

„Wie hoch ist denn dein Stundensatz, Terje?"

„Na ja, fünfhundert Kronen sollte dir meine Arbeitskraft schon wert sein, oder?"

„Dreihundert!"

„Ihr Deutschen scheint geizig zu sein. Vierhundert, und ich steige sofort ein."

„Also gut. Du kannst mir helfen, ein paar Bretter, Sägen und das übliche Kleinzeug aus dem Schuppen ins Boot zu schaffen."

Terje legte sich sofort ins Zeug und schleppte alles herbei.

„Wir müssen meine Bibliothek sturmfest machen", sagte Carl.

Terje schüttelte den Kopf und grinste.

Terje aber griff in die Innentasche seiner Seemannsjacke und holte eine Flasche Brandy heraus.

„Bist du verrückt? An Bord wird nicht gesoffen!"

„Du kannst mir gar nichts verbieten. Schließlich soll ich hier für ein Trinkgeld von 400 Kronen arbeiten!"

„Leg die Flasche weg oder du kannst den Job vergessen!"

„Der feine Bibliothekar will einem gestandenen Seemann Befehle erteilen, damit der mit in diese bescheuerte Buchhütte fährt!"

„Sag noch einmal „bescheuerte Buchhütte" und ...!"

„Und was?"

„Du versoffener Nichtnutz, so jemanden wie dich kann ich nicht gebrauchen. Du bleibst hier!"

„Sag mal", nervte Terje weiter. „Wie kommt man auf die verrückte Idee, auf einer Schäreninsel eine Bibliothek zu errichten?"

„Das würdest du verstehen, wenn du dich mit Büchern beschäftigen würdest."

„Aber wer soll deine Bibliothek denn besuchen? Glaubst du wirklich, jemand legt auf der kleinen Insel an und stöbert in deinen Büchern?"

„Darum geht es doch gar nicht!"

„Worum denn?"

„Ich sag ja: Du verstehst gar nichts!"

„Ho ho, der studierte Deutsche, der natürlich alles besser weiß als die einfachen Leute hier."

„Allein die Tatsache, dass man *weiß*, dass es dort die Bibliothek *gibt*, ist ihr Wert."

„Das ist zu hoch für mich. Ich beschäftige mich lieber mit den naheliegenden Problemen der Menschheit."

„Mach doch, was du willst!"

Terje murmelte noch etwas Unverständliches, nahm auf einer Bank am Anleger Platz und setzte die Schnapsflasche erneut an.

Die „*Håper*" legte ab und stellte sich dem auffrischenden Wind entgegen.

Am Abend zuvor hatte Carl Kjersti von seiner Absicht erzählt, zur Bibliothek hinauszufahren.

„Bitte tu das nicht, Carl!", hatte seine Freundin gebettelt. „Das ist doch Wahnsinn!"

„Aber ich muss doch mein Lebenswerk und das meines Großvaters schützen!"

Kjersti versuchte ihm sein Vorhaben auszureden, gab aber schließlich nach. Sie kannte den Dickschädel ihres deutschen Freundes mittlerweile nur zu gut.

„Bitte pass auf dich auf! Ich brauche dich noch!"

Die „*Håper*" zog ihre Bahn durch den Fjord, der an dieser Stelle sehr eng war und einen atemberaubenden Blick auf die Wasserfälle bot, der bei den Kreuzfahrtgästen besonders beliebt war. Carl erkannte den Lykkefoss und dachte an die zu erwartenden Veränderungen durch den Klimawandel. Irgendwann würde der Zufluss aus dem Flomdalsbreen versiegen, den Rückgang der norwegischen Gletscher im Ausmaß von bis zu einem Zentimeter im Monat wird man bald spüren. Auf der weiteren Fahrt erblickte Carl ein kleines Kraftwerk am Ufer, die wegführenden Strommasten hatten der Region lange die Gewissheit von üppiger Energieversorgung und sprudelnden Einnahmen vermittelt. Welche Veränderungen würden die nächsten Jahrzehnte für das Fjordland mit sich bringen? Für die Region, die für Carl Kröger Heimat werden sollte. Führen Veränderungen nicht dazu, dass man sich an Bewährtes, Geschaffenes klammert? Zufrieden stimmte ihn der Gedanke an seine Bibliothek im Fjord, die er jetzt seefest machen wollte und die seit ein paar Tagen ein weithin sichtbares Namensschild trug.

Der Wind peitschte Gischt vom Bug der *„Håper"* aufs Deck und Carl hatte Mühe, vom Steuerstand aus den Weg voraus im Blick zu behalten. Er hatte den Eindruck, dass es immer finsterer würde.

„Ich muss den Kurs halten!"

Die Sturmböen wurden häufiger und heftiger. Mittlerweile war er klitschnass. Eine dunkelgraue Wolkenwand nach der anderen zog über die Einfahrt zum Drømfjord. Die Wellenhöhe musste mittlerweile mehr als zwei Meter betragen.

Carl realisierte, dass sein nautisches Können an seine Grenzen gekommen war. Aber er wollte, er musste durchhalten. Er hielt auf die Schäre zu und erkannte in dem Sturmgeschehen das Schild, das seinen Traum markierte, nicht mehr. Irgendwie gelang es ihm, das Boot an den kleinen Steg zu bringen und einigermaßen festzumachen. Bis zur Erschöpfung schaffte er das Holz und die Werkzeuge in das Bootshaus. An ein Zuschneiden der Hölzer und das Anbringen an der Außenseite war nicht zu denken. Carl konnte sich kaum auf den Beinen halten, als er vor seine Bibliothek trat. Der Sturm fegte ihn fast um. In seinen Vorträgen über Veränderungen an der norwegischen Küste hatte er zuletzt noch über die Zunahme an heftigen Stürmen gesprochen. Jetzt drohte ein solches Naturereignis seinen Lebenstraum und indirekt auch den seines Großvaters, des Tischlers Carl Kröger senior, zu zerstören. Carl griff ein Buch aus dem rustikal gezimmerten Regal heraus, steckte es in seine Innentasche und kämpfte sich nach draußen. Carl heulte wie ein Kind und brüllte gegen den Sturm an. In dem Moment, als er das schiefe Schild in seiner Position korrigieren wollte, riss ihm eine heftige Welle die Beine weg. Carl Kröger stürzte auf den Felsen vor der Eingangstür, und zwar so unglücklich auf den Hinterkopf, dass er augenblicklich das Bewusstsein verlor.

Epilog

Am nächsten Tag war der Sturm abgeflaut und die Leute in Flomdalen waren damit beschäftigt, Spuren des Unwetters zu beseitigen. Kjersti Folstad war gerade in ihr Haus zurückgekehrt und bereitete sich einen Tee, als sie Magnus Brænne, den Dorfpolizisten, den Weg zu ihrem Haus heraufkommen sah. Sie bat ihn herein und sah ihm sofort an, dass er keine guten Nachrichten zu überbringen hatte.

„Es tut mir leid, Kjersti, aber heute Nacht hat Jørgen Lunde, ein Fischer, deinen Freund Carl Kröger schwer verletzt aufgefunden. Er lag vor seiner Bibliothek auf der Schäreninsel. Jørgen hatte in diesem Sauwetter trotz Dunkelheit das weiße Schild an dem Bootshaus gesehen, darauf zugehalten und bemerkt, dass eine Person vor der Tür lag.

Carls Bibliothek ist mittlerweile bekannt, manche Bootsführer benutzen sie als Orientierung bei der Einfahrt in den Fjord. Der mörderische Sturm ist wahrscheinlich deinem deutschen Freund zum Verhängnis geworden. Die *Kystvakten* hat ihn dann ins Krankenhaus nach Ålesund geflogen. Wie wir von dort gehört haben, wird er durchkommen. Wenn ich etwas für dich tun kann, lass es mich wissen, Kjersti!"

Magnus blieb noch eine Weile bei Kjersti am Tisch sitzen, die stumm vor sich hinstarrte, verabschiedete sich dann und ging zur Tür.

„Es ist schon seltsam", sagte Magnus nach einiger Zeit nachdenklich. „Carls Bibliothek hat ihn letztendlich gerettet."

Kjersti nickte. „Sie ist sein großer Traum!"

„Ach ja, Kjersti, fast hätte ich es vergessen: Das hier hat man bei Carl gefunden."

Der Polizist hielt ein in Packpapier eingewickeltes Päckchen in der Hand. Kjersti nahm es an sich. Ein völlig durchnässtes und aufgeweichtes altes Buch kam zum Vorschein. Kjersti schossen die Tränen in die Augen. Sie erkannte das Buch sowie das Bild auf dem Umschlag sofort, weil Carl ihr oft davon erzählt hatte: Es zeigte das alte Haus in der Lübecker Mengstraße, für das der Urgroßvater von Carl einmal eine Tischlerarbeit angefertigt hatte.

Zeitfracht Medien GmbH
Ferdinand-Jühlke-Straße 7
99095 Erfurt, Deutschland
produktsicherheit@kolibri360.de